中国文学名家精品

Xuzhimo Shige Jingpin

徐志摩诗歌精品

徐志摩 著　李丹丹 主编

北方妇女儿童出版社

图书在版编目(CIP)数据

徐志摩诗歌精品/徐志摩著；李丹丹主编.—长春:北方妇女儿童出版社，2015.1(2021.2重印)

（中国文学名家精品）

ISBN 978-7-5385-8148-5

Ⅰ．①徐… Ⅱ．①徐… ②李… Ⅲ．①诗集-中国-现代 Ⅳ．①I226

中国版本图书馆CIP数据核字（2015）第007509号

徐志摩诗歌精品
XU ZHI MO SHI GE JING PIN

出 版 人	刘　刚	
责任编辑	吴　桐	
开　　本	700mm×980mm　1/16	
印　　张	9	
字　　数	148千字	
版　　次	2015年5月第1版	
印　　次	2021年2月第3次印刷	
印　　刷	固安县云鼎印刷有限公司	
出　　版	北方妇女儿童出版社	
发　　行	北方妇女儿童出版社	
地　　址	长春市净月开发区龙腾国际大厦A座	
电　　话	总编办：0431-81629592	
定　　价	26.80元	

前　言

　　习近平总书记在文艺座谈会上指出，繁荣文艺创作、推动文艺创新，必须要有大批德艺双馨的文艺名家。我国作家艺术家应该成为时代风气的先觉者、先行者、先倡者，要通过更多有筋骨、有道德、有温度的文艺作品，书写和记录人民的伟大实践、时代的进步要求，彰显信仰之美、崇高之美。

　　是的，当历史跨入21世纪的新时代，我们党发出了实现中国梦的伟大号召，掀起了轰轰烈烈的复兴中国文化的运动。这就要求我们站在时代的前沿，薪火相传，一脉相承，弘扬中国有史以来优秀的、光明的、先进的、科学的、文明的文化，融合古今中外一切文化精华，构建具有中国特色的现代民族文化，向世界和未来展示中华民族的文化力量、文化价值与文化风采。

　　就文学创作而言，就是广大作家要接过近现代中国文学名家传递的笔墨圣火，照亮时代的道路，创造文学的繁荣；广大读者则应吸收近现代中国文学的精神力量，认识过去的时代，投身当代的建设。总之，中国的复兴需要大家添光加彩！

　　回首上世纪初，中国掀起了伟大的反帝反封建的民族解放运动，广大作家以此为崇高历史使命，把文字作为投枪匕首，走在时代最前列，创作了大量优秀的文学作品，发出了代表时代最强音的呐喊，振聋发聩，唤醒广大人民群众，开创了新文化运动，创造了现代文学。

　　中国现代文学是指用现代文学语言与文学形式，表达中国现代思想、感情、心理的文学，是在"五四"新文化运动影响下，广泛接受外国文学影响而形成的新兴文学，产生了极大的历史推动作用。

在新文化运动推动下，广大作家汲取中外文学营养，形成了新的文学形态。他们不仅用白话语言表现现代科学民主思想，而且在艺术形式与表现手法上对传统文学进行深入革新，创建了新的文学体裁。在叙述角度、抒情方式、描写手段以及结构组成等方面，都有全新创造，极具现代特色，成为真正现代意义上的文学。

中国现代文学的主流是人民的文学，广大作家深入火热的战斗生活中，极大加强了文学与民众的结合，文学与进步的社会思潮及民族解放、革命运动的自觉联系，这构成了中国现代文学的基本历史特征与传统。此时的文学，以表现普通民众生活、改造国民性格和社会人生为根本任务。

中国现代文学早期的发展，是在广大作家吸取外来文学营养使之民族化并继承民族传统使之现代化的过程中奠定基础的。对于如何正确对待传统文化与西方外来文化的问题，他们打破了抱残守缺的国粹主义思想，进行了彻底革新，曾对西方各个历史时期的文艺思潮、文学流派，包括各种文学形式、表现手法等，进行了全面介绍与广泛吸收，同时对我国传统文学遗产也进行了重新评价。这对促进思想与艺术的解放，促进文学的现代化，起到了重要作用，从而形成了现代文学的繁荣局面，促进了广大民众的觉醒。

接过20世纪中国文学作家的思想圣火，实现新时代民族文化复兴的中国梦，这是广大作家和读者义不容辞的神圣职责。为此，我们从诗歌、散文、小说三大文学体裁着手，特别编辑了这套《中国文学名家精品》，精选了许多文学名家的精品力作，代表了中国20世纪文学的高度，具有极强的权威性、可读性和艺术性。

这些文学名家，都是中国20世纪现代文学的开拓者和各种文学形式的集大成者，他们的作品来源于他们生活的时代，是那个时代社会生活的缩影，包含了作家本人对社会、生活的体验与思考，影响着社会的发展进程，具有永恒的魅力。他们是我们心灵的工程师，能够指导我们的人生发展，对于复兴中国文化具有深远的启迪作用。

作者简介

徐志摩（1897—1931）原名章垿，字槱森，留学英国时改名志摩。曾经用过的笔名有：南湖、诗哲、海谷、谷、大兵、云中鹤、仙鹤、删我、心手、黄狗、谔谔等。浙江海宁人。是我国现代著名诗人、散文家。他是新月派代表诗人，新月诗社成员。

1908年，徐志摩在家塾读书，后来进入硖石开智学堂，从而打下了坚实的古文根底，成绩总是全班第一。1915年，他从杭州一中毕业后，顺利考入上海沪江大学。

1916年秋，徐志摩转入国立北洋大学法科预科。第十年，北洋大学法科并入北京大学，他进入北京大学预科学习。1918年6月，他拜著名学者梁启超为师。1918年8月，他赴美留学，进入克拉克大学历史系学习。

1919年9月，徐志摩进入哥伦比亚大学经济系。1920年10月，他赴英国伦敦大学伦敦政治经济学院，其间结识了英国作家威尔士，所以，他对文学兴趣渐浓。1923年3月，他发起成立"新月社"，同时，他在北京大学英文系任教。

1926年，徐志摩任光华大学教授，兼东吴大学法学院英文教授。1928年2月，他兼任上海大夏大学教授。1929年9月，他应聘国立中央大学文学院英语文学教授。1930年底，他先后辞去上海光华大学、南京中央大学教职。

1931年1月，徐志摩与现代著名诗人陈梦家、方玮德等创办《诗刊》季刊。1931年2月，他任北京大学英文系教授，同时兼任北平女子大学教授。本月19日上午，他为赶到北京听著名建筑专家林徽因的一个关于建筑的讲座，搭乘从南京到北平的"济南号"邮机，但

当邮机到达济南附近时触山失事，他遇难身亡，时年34岁。

徐志摩的诗字句清新，韵律谐和，比喻新奇，想象丰富，意境优美，神思飘逸，富于变化，并追求艺术形式的整饬、华美，具有鲜明的艺术个性。他的散文也自成一格，取得了不亚于诗歌的成就，其中《自剖》《想飞》《我所知道的康桥》《翡冷翠山居闲话》等都是传世的名篇。

徐志摩的主要作品还包括：诗集《志摩的诗》《猛虎集》《云游》；散文集《落叶》《巴黎的鳞爪》《秋》《翡冷翠的一夜》；小说散文集《轮盘》。另有戏剧《卞昆冈》和日记《爱眉小札》《志摩日记》，还译著《曼殊斐尔小说集》等。著名诗歌精选有《再别康桥》《沙扬娜拉》《雪花的快乐》《偶然》《我不知道风是在哪一个方向吹》。

其中《再别康桥》是徐志摩脍炙人口的诗篇，是新月派诗歌的代表作品。全诗描述了一幅幅流动的画面，构成了一处处美妙的意境，细致入微地将诗人对康桥的爱恋，对往昔生活的憧憬，对眼前无可奈何的离愁表现得十分真挚、隽永。这首诗表现出了他高度的艺术技巧。他将具体景物与想象糅合在一起构成了诗的鲜明生动的艺术形象，巧妙地把气氛、感情、景象融汇为意境，达到了景中有情和情中有景的艺术效果。

徐志摩是一位在我国文坛上曾经活跃一时并有一定影响的作家，他的世界观是没有主导思想的，或者说是个超阶级的"不含党派色彩的诗人"。他的思想、创作呈现的面貌，发展的趋势，都说明他是个布尔乔亚诗人。他的思想的发展变化，他的创作前后期的不同状况，是和当时社会历史特点关联的。

著名学者、作家胡适评价徐志摩说：他的人生观真是一种"单纯信仰"，这里面只有一个是"爱"、一个是"自由"、一个是"美"，他梦想这三个理想的条件能够体现在他一人身上，这就是他的"单纯信仰"。他一生的历史，只是他追求这个单纯信仰实现的历史。

徐志摩【目录】

诗歌精品

徐志摩

诗歌精品

【目录】

徐志摩【目录】

诗歌精品

徐志摩

诗歌精品

【目录】

徐志摩

诗歌精品

【第一辑】

我有一个恋爱

我有一个恋爱；——
我爱天上的明星；
我爱他们的晶莹：
　　人间没有这异样的神明。

在冷峭的暮冬的黄昏，
在寂寞的灰色的清晨。
在海上，在风雨后的山顶——
　　永远有一颗，万颗的明星！

山涧边小草花的知心，
高楼上小孩童的欢欣，
旅行人的灯亮与南针：——
　　万万里外闪烁的精灵！

我有一个破碎的魂灵，

像一堆破碎的水晶，

散布在荒野的枯草里——

　　饱啜你一瞬瞬的殷勤。

人生的冰激与柔情，

我也曾尝味，我也曾容忍；

有时阶砌下蟋蟀的秋吟，

　　引起我心伤，逼迫我泪零。

我袒露我的坦白的胸襟，

　　献爱与一天的明星，

任凭人生是幻是真

地球存在或是消泯——

　　太空中永远有不昧的明星！

沙扬娜拉

最是那一低头的温柔，
像一朵水莲花不胜凉风的娇羞，
道一声珍重，道一声珍重，
那一声珍重里有蜜甜的忧愁——
沙扬娜拉！

留别日本

我惭愧我来自古文明的乡国，
　　我惭愧我脉管中有古先民的遗血，
我惭愧扬子江的流波如今溷浊，
　　我惭愧——我面对着富士山的清越！

古唐时的壮健常萦我的梦想：
　　那时洛邑的月色，那时长安的阳光；
那时蜀道的啼猿，那时巫峡的涛响；
　　更有那哀怨的琵琶，在深夜的浔阳！

但这千余年的痿痹，千余年的懵懂：
　　更无从辨认——当初华族的优美，从容！
摧残这生命的艺术，是何处来的狂风？——
　　缅念那遍中原的白骨，我不能无恸！

我是一枚飘泊的黄叶，在旋风里飘泊，
　　回想所从来的巨干，如今枯秃；
我是一颗不幸的水滴，在泥潭里匍匐——
　　但这干涸了的涧身，亦曾有水流活泼。

我欲化一阵春风，一阵吹嘘生命的春风，
　　催促那寂寞的大木，惊破他深长的迷梦；
我要一把崛强的铁锹，铲除淤塞与壅肿，
　　开放那伟大的潜流，又一度在宇宙间汹涌。

为此我羡慕这岛民依旧保持着往古的风尚，
　　在朴素的乡间想见古社会的雅驯，清洁，壮旷；
我不敢不祈祷古家邦的重光，但同时我愿望——
　　愿东方的朝霞永葆扶桑的优美，优美的扶桑！

太平景象

"卖油条的，来六根——再来六根。"
"要香烟吗，老总们，大英牌，大前门？
多留几包也好，前边什么买卖都不成。"

"这枪好，德国来的，装弹时手顺；"
"我哥有信来，前天，说我妈有病；"
"哼，管得你妈，咱们去打仗要紧。"

"亏得在江南，离着家千里的路程。
要不然我的家里人……唉，管得他们
眼红眼青，咱们吃粮的眼不见为净！"
"说是，这世界！做鬼不幸，活着也不称心；
谁没有家人老小，谁愿意来当兵拼命？"
"可是你不听长官说，打伤了有恤金？"

"我就不希罕那猫儿哭耗子的'恤金'！
脑袋就是一个，我就想不透为么要上阵，
砰，砰，打自个儿的弟兄，损己，又不利人。

"你不见李二哥回来，烂了半个脸，全青？
他说前边稻田里的尸体，简直像牛粪，
全的，残的，死透的，半死的，烂臭，难闻。"

"我说这儿江南人倒懂事，他们死不当兵；
你看这路旁的皮棺，那田里玲巧的享亭，
草也青，树也青，做鬼也落个清静：

"比不得我们——可不是火车已经开行？——
天生是稻田里的牛粪——唉，稻田里的牛粪！"
"喂，卖油条的，赶上来，快，我还要六根。"

残　诗

怨谁？怨谁？这不是青天里打雷？

关着，锁上，赶明儿瓷花砖上堆灰！

别瞧这白石台阶光润，赶明儿，唉，

石缝里长草，石板上青青的全是霉！

那廊下的青玉缸里养着鱼真凤尾，

可还有谁给换水，谁给捞草，谁给喂？

要不了三五天准翻着白肚鼓着眼，

不浮着死，也就让冰分儿压一个扁！

顶可怜是那几个红嘴绿毛的鹦哥，

让娘娘教得顶乖，会跟着洞箫唱歌，

真娇养惯，喂食一迟，就叫人名儿骂，

现在，您叫去！就剩空院子给您答话！……

东山小曲

早上——太阳在山坡上笑，

　　太阳在山坡上叫：——

看羊的，你来吧，

　　这里有粉嫩的草，鲜甜的料，

　　好把你的老山羊，小山羊，喂个滚饱；

小孩们你们也来吧，

　　这里有大树，有石洞，有蚱蜢，有小鸟，

　　快来捉一会盲藏，豁一个虎跳。

中上——太阳在山腰里笑，

　　太阳在山坳里叫：——

游山的你们来吧，

　　这里来望望天，望望田，消消遣，

　　忘记你的心事，丢掉你的烦恼；

叫化子们你们也来吧，

　　这里来偎火热的太阳，胜如一件棉袄，

　　还有香客的布施，岂不是好？

晚上——太阳已经躲好，

　　　　太阳已经去了：——

野鬼们你们来吧，

　　黑巍巍的星光，照着冷清清的庙，

　　树林里有只猫头鹰，半天里有只九头鸟；

来吧，来吧，一齐来吧，

　　撞开你的顶头板，唱起你的追魂调，

　　那边来了个和尚，快去耍他一个灵魂出窍！

石虎胡同七号

我们的小园庭，有时荡漾着无限温柔：
善笑的藤娘，袒酥怀任团团的柿掌绸缪，
百尺的槐翁，在微风中俯身将棠姑抱搂，
黄狗在篱边，守候睡熟的珀儿，他的小友，
小雀儿新制求婚的艳曲，在媚唱无休——
我们的小园庭，有时荡漾着无限温柔。

我们的小园庭，有时淡描着依稀的梦景；
雨过的苍茫与满庭荫绿，织成无声幽冥，
小蛙独坐在残兰的胸前，听隔院蚓鸣，
一片化不尽的雨云，倦展在老槐树顶，
掠檐前作圆形的舞旋，是蝙蝠，还是蜻蜓？——
我们的小园庭，有时淡描着依稀的梦景。

我们的小园庭，有时轻喟着一声奈何；
奈何在暴雨时，雨捶下捣烂鲜红无数，
奈何在新秋时，未凋的青叶惆怅的辞树，
奈何在深夜里，月儿乘云艇归去，西墙已度，
远巷薤露的乐音，一阵阵被冷风吹过——
我们的小园庭，有时轻唱着一声奈何。

我们的小园庭，有时沉浸在快乐之中；
雨后的黄昏，满院只美荫，清香与凉风，
大量的蹇翁，巨樽在手，蹇足直指天空，
一斤，两斤，杯底喝尽，满怀酒欢，满面酒红，
连珠的笑响中，浮沉着神仙似的酒翁——
我们的小园庭，有时沉浸在快乐之中。

雷峰塔

"那首是白娘娘的古墓
（划船的手指着野草深处）；
客人，你知道西湖上的佳话
白娘娘是个多情的妖魔；

"她为了多情，反而受苦，
爱了个没出息的许仙，她的情夫；
他听信了一个和尚，一时的胡涂，
拿一个钵盂，把他妻子的原形罩住。"

到如今已有千百年的光景，
可怜她被镇压在雷峰塔底，——
一座残败的古塔，凄凉的，
庄严的，独自在南屏的晚钟声里！

月下雷峰影片

我送你一个雷峰塔影，
　　满天稠密的黑云与白云；
我送你一个雷峰塔顶，
　　明月泻影在眠熟的波心。

深深的黑夜，依依的塔影，
　　团团的月彩，纤纤的波鳞——
假如你我荡一只无遮的小艇，
　　假如你我创一个完全的梦境！

朝雾里的小草花

这岂是偶然，小玲珑的野花！
　　你轻含着鲜露颗颗，
　　怦动的，像是慕光明的花蛾，
在黑暗里想念焰彩，晴霞；

我此时在这蔓草丛中过路，
　　无端的内感惆怅与惊讶，
　　在这迷雾里，在这岩壁下，
思忖着，泪怦怦的，人生与鲜露？

乡村里的音籁

小舟在垂柳荫间缓泛——
　一阵阵初秋的凉风，
　吹生了水面的漪绒，
吹来两岸乡村里的音籁。

我独自凭着船窗闲憩，
　静看着一河的波幻，
　静听着远近的音籁，——
又一度与童年的情景默契！

这是清脆的稚儿的呼唤，
　田场上工作纷纭，
　竹篱边犬吠鸡鸣：
但这无端的悲感与凄惋！

白云在蓝天里飞行：

　　我欲把恼人的年岁，

　　我欲把恼人的情爱，

托付与无涯的空灵——消泯；

回复我纯朴的，美丽的童心：

　　像山谷里的冷泉一般，

　　像晓风里的白头乳鹊，

像池畔的草花，自然的鲜明。

夜半松风

这是冬夜的山坡，
坡下一座冷落的僧庐，
庐内一个孤独的梦魂：
　　在忏悔中祈祷，在绝望中沉沦——

为什么这怒吼，这狂啸，
鼍鼓与金钲与虎与豹？
为什么这幽诉，这私慕？
烈情的惨剧与人生的坎坷——
　　又一度潮水似的淹没了
这彷徨的梦魂与冷落的僧庐？

青年曲

泣与笑，恋与愿与恩怨，
难得的青年，倏忽的青年，
前面有座铁打的城垣，青年，
你进了城垣，永别了春光，
永别了青年，恋与愿与恩怨！

妙乐与酒与玫瑰，不久住人间，
青年，彩虹不常在天边，
梦里的颜色，不能永葆鲜妍，
你须珍重，青年，你有限的脉搏，
休教幻景似的消散了你的青年！

不再是我的乖乖

（一）

前天我是一个小孩，
这海滩最是我的爱；
早起的太阳赛如火炉，
趁暖和我来做我的功夫：
捡满一衣兜的贝壳，
在这海砂上起造宫阙：
哦，这浪头来得凶恶
冲了我得意的建筑——
我喊一声海，海！
你是我小孩儿的乖乖！

（二）

昨天我是一个"情种"，
到这海滩上来发疯；
西天的晚霞慢慢的死，
血红变成姜黄，又变紫，
一颗星在半空里窥伺
我匍伏在砂堆里画字，
一个字，一个字，又一个字，
谁说不是我心爱的游戏？
我喊一声海，海！
不许你有一点儿的更改！

（三）

今天！咳，为什么要有今天？
不比从前，没了我的疯癫，
再没有小孩时的新鲜，
这回再不来这大海的边沿！
头顶不见天光的方便，
海上只暗沉沉的一片，
暗潮侵蚀了砂字的痕迹，
却不冲淡我悲惨的颜色——
我喊一声海，海！
你从此不再是我的乖乖！

月下待杜鹃不来

看一回凝静的桥影，
数一数螺细的波纹，
我倚暖了石阑的青苔，
青苔凉透了我的心坎；

月儿，你休学新娘羞，
把锦被掩盖你光艳首，
你昨宵也在此勾留，
可听她允许今夜来否？

听远村寺塔的钟声，
像梦里的轻涛吐复收，
省心海念潮的涨歇，
依稀漂泊踉跄的孤舟；

水粼粼，夜冥冥，思悠悠，
何处是我恋的多情友？
风飕飕，柳飘飘，榆钱斗斗，
令人长忆伤春的歌喉。

冢中的岁月

白杨树上一阵鸦啼，
白杨树上叶落纷披，
白杨树下有荒土一堆：
亦无有青草，亦无有墓碑；

亦无有蛱蝶双飞，
亦无有过客依违，
有时点缀荒野的暮霭，
土堆邻近有青磷闪闪。

埋葬了也不得安逸，
髑髅在坟底叹息；
舍手了也不得静谧，
髑髅在坟底饮泣。

破碎的愿望梗塞我的呼吸，
伤禽似的震悸着他的羽翼；
白骨放射着赤色的火焰——
却烧不尽生前的恋与怨。
白杨在西风里无语，摇曳，
孤魂在墓窟的凄凉里寻味：
"从不享，可怜，祭扫的温慰，
更有谁存念我生平的梗概！"

诗歌精品

徐志摩

【第二辑】

她是睡着了

她是睡着了——
星光下一朵斜欹的白莲；
她入梦境了——
香炉里袅起一缕碧螺烟。

她是眠熟了——
涧泉幽抑了喧响的琴弦；
她在梦乡了——
粉蝶儿，翠蝶儿，翻飞的欢恋。

停匀的呼吸：
清芬渗透了她的周遭的清氛；
有福的清氛
怀抱着，抚摩着，她纤纤的身形！

奢侈的光阴！

静，沙沙的尽是闪亮的黄金，

　　平铺着无垠，——

波鳞间轻漾着光艳的小艇。

醉心的光景：

给我披一件彩衣，啜一坛芳醴，

　　折一枝藤花，

舞，在葡萄丛中，颠倒，昏迷。

看呀，美丽！

三春的颜色移上了她的香肌，

　　是玫瑰，是月季，

是朝阳里的水仙，鲜妍，芳菲！

梦底的幽秘，

挑逗着她的心——她纯洁的灵魂，

　　像一只蜂儿，

在花心，恣意的唐突——温存。

童真的梦境！

静默；休教惊断了梦神的殷勤；

　　抽一丝金络，

抽一丝银络，抽一丝晚霞的紫曛；

　　玉腕与金梭，

织缣似的精审，更番的穿度——

　　化生了彩霞，

神阙，安琪儿的歌，安琪儿的舞。

　　可爱的梨涡，
解释了处女的梦境的欢喜，
　　像一颗露珠，
颤动的，在荷盘中闪耀着晨曦！

落叶小唱

一阵声响转上了阶沿
（我正挨近着梦乡边；）
这回准是她的脚步了，我想——
　　在这深夜！

一声剥啄在我的窗上
（我正靠紧着睡乡旁；）
这准是她来闹着玩——你看！
　　我偏不张皇！

一个声息贴近我的床，
我说（一半是睡梦，一半是迷惘）——
　　"你总不能明白我，你又何苦
　　　　多叫我心伤！"

一声唱息落在我的枕边
（我已在梦乡里留恋；）
"我负了你"你说——你的热泪
　　烫着我的脸！

这音响恼着我的梦魂
（落叶在庭前舞，一阵——又一阵；）
梦完了，啊，回复清醒，恼人的——
　　却只是秋声！

雪花的快乐

假如我是一朵雪花，
翩翩的在半空里潇洒，
我一定认清我的方向——
　　飞扬，飞扬，飞扬，——
　　这地面上有我的方向。

不去那冷寞的幽谷，
不去那凄清的山麓，
　　也不上荒街去惆怅——
　　飞扬，飞扬，飞扬，——
你看！我有我的方向！

在半空里娟娟的飞舞，
认明了那清幽的住处，

等着她来花园里探望——
　飞扬，飞扬，飞扬，——
啊，她身上有朱砂梅的清香！

那时我凭藉我的身轻，
凝凝的，沾住了她的衣襟，
　贴近她柔波似的心胸
　消溶，消溶，消溶，——
融入了她柔波似的心胸！

康桥再会罢

康桥，再会罢；
我心头盛满了别离的情绪，
你是我难得的知己，我当年
辞别家乡父母，登太平洋去，
（算来一秋二秋，已过了四度
春秋，浪迹在海外，美土欧洲）
扶桑风色，檀香山芭蕉况味，
平波大海，开拓我心胸神意，
如今都变了梦里的山河，
渺茫明灭，在我灵府的底里；
我母亲临别的泪痕，她弱手
向波轮远去送爱儿的巾色，
海风咸味，海鸟依恋的雅意，
尽是我记忆的珍藏，我每次，

摩按，总不免心酸泪落，便想
理箧归家，重向母怀中匍伏，
回复我天伦挚爱的幸福；
我每想人生多少跋涉劳苦，
多少牺牲，都只是枉费无补，
我四载奔波，称名求学，毕竟
在知识道上，采得几茎花草，
在真理山中，爬上几个峰腰，
钧天妙乐，曾否闻得，彩红色，
可仍记得？——但我如何能回答？
我但自喜楼高车快的文明，
不曾将我的心灵污抹，今日
我对此古风古色，桥影藻密，
依然能坦胸相见，惺惺惜别。

康桥，再会罢！
你我相知虽迟，然这一年中，
我心灵革命的怒潮，尽冲泻
在你妩媚河身的两岸，此后
清风明月夜，当照见我情热
狂溢的旧痕，尚留草底桥边，
明年燕子归来，当记我幽叹
音节，歌吟声息，缦烂的云纹
霞彩，应反映我的思想情感，
此日撒向天空的恋意诗心，
赞颂穆静腾辉的晚景，清晨
富丽的温柔；听！那和缓的钟声
解释了新秋凉绪，旅人别意，

我精魂腾跃，满想化入音波，
震天彻地，弥盖我爱的康桥，
如慈母之于睡儿，缓抱软吻；
康桥！汝永为我精神依恋之乡！
此去身虽万里，梦魂必常绕
汝左右，任地中海疾风东指，
我亦必纡道西回，瞻望颜色；
归家后我母若问海外交好，
我必首数康桥；在温清冬夜
蜡梅前，再细辨此日相与况味；
设如我星明有福，素愿竟酬，
则来春花香时节，当复西航，
重来此地，再捡起诗针诗线，
绣我理想生命的鲜花，实现
年来梦境缠绵的销魂踪迹，
散香柔韵节，增媚河上风流；
故我别意虽深，我愿望亦密，
昨宵明月照林，我已向倾吐
心胸的蕴积，今晨雨色凄清，
小鸟无欢，难道也为是怅别
情深，累藤长草茂，涕泪交零！
康桥！山中有黄金，天上有明星，
人生至宝是情爱交感，即使
山中金尽，天上星散，同情还
永远是宇宙间不尽的黄金，
不昧的明星；赖你和悦宁静
的环境，和圣洁欢乐的光阴，
我心我智，方始经爬梳洗涤，

灵苗随春草怒生，沐日月光辉，

听自然音乐，哺啜古今不朽

——强半汝亲栽育——的文艺精英：

恍登万丈高峰，猛回头惊见

真善美浩瀚的光华，覆翼在

人道蠕动的下界，朗然照出

生命的经纬脉络，血赤金黄，

尽是爱主恋神的辛勤手绩；

康桥！你岂非是我生命的泉源？

你惠我珍品，数不胜数；最难忘

骞士德顿桥下的星磷坝乐，

弹舞殷勤，我常夜半凭阑干，

倾听牧地黑影中倦牛夜嚼，

水草间鱼跃虫嘶，轻挑静寞；

难忘春阳晚照，泼翻一海纯金，

淹没了寺塔钟楼，长垣短堞，

千百家屋顶烟突，白水青田，

难忘茂林中老树纵横；巨干上，

黛薄茶青，却教斜刺的朝霞，

抹上些身长胭脂春意，忸怩神色；

难忘七月的黄昏，远树凝寂，

像墨泼的山形，衬出轻柔暝色，

密稠稠，七分鹅黄，三分橘绿，

那妙意只可去秋梦边缘捕捉；

难忘榆荫中深宵清唳的诗禽，

一腔情热，教玫瑰嘀泪点首，

满天星环舞幽吟，款住远近

浪漫的梦魂，深深迷恋香境；

难忘村里姑娘的腮红颈白；

难忘屏绣康河的垂柳婆娑，

婀娜的克莱亚，硕美的校友居；

——但我如何能尽数，总之此地

人天妙合，虽微如寸芥残垣，

亦不乏纯美精神；流贯其间，

而此精神，正如宛次宛士所谓

"通我血液，浃我心脏"，有"镇驯

矫饬之功"；我此去虽归乡土，

而临行怫怫，转若离家赴远；

康桥！我故里闻此，能弗怨汝

僭爱，然我自有谠言代汝答付；

我今去了，记好明春新杨梅

上市时节，盼望我含笑归来，

再见罢，我爱的康桥！

恋爱到底是什么一回事

恋爱他到底是什么一回事？——
他来的时候我还不曾出世；
太阳为我照上了二十几个年头，
我只是个孩子，认不识半点愁；
忽然有一天——我又爱又恨那一天——
我心坎里痒齐齐的有些不连牵，
那是我这辈子第一次的上当，
有人说是受伤——你摸摸我的胸膛——
他来的时候我还不曾出世，
恋爱他到底是什么一回事？

这来我变了，一只没笼头的马，
跑遍了荒凉的人生的旷野；
又像是那古时间献璞玉的楚人，

手指着心窝，说这里面有真有真，
你不信时一刀拉破我的心头肉，
看那血淋淋的一掬是玉不是玉；
血！那无情的宰割，我的灵魂！
是谁逼迫我发最后的疑问？
疑问！这回我自己幸喜我的梦醒，
上帝，我没有病，再不来对你呻吟！
我再不想成仙，蓬莱不是我的分；
我只要这地面，情愿安分的做人，——
从此再不问恋爱是什么一回事，
反正他来的时候我还不曾出世！

翡冷翠的一夜

你真走了，明天？那我，那我……
你也不用管，迟早有那一天；
你愿意记着我，就记着我，
要不然趁早忘了这世界上
有我，省得想起时空着恼，
只当是一个梦，一个幻想；
只当是前天我们见的残红，
怯怜怜的在风前抖擞一瓣，
两瓣，落地，叫人踩，变泥……
唉，叫人踩变泥——变了泥倒干净，
这半死不活的才叫是受罪，
看着寒伧，累赘，叫人白眼——
天呀！你何苦来，你何苦来……
就比如黑暗的前途见了光彩，

你是我的先生，我爱，我的恩人，
你教我什么是生命，什么是爱，
你惊醒我的昏迷，偿还我的天真，
没有你我哪知道天是高草是青？
你摸摸我的心，它这下跳得多快；
再摸摸我的脸，烧得多焦，亏这夜黑
看不见；爱，我气喘不过来了，
别亲我了，我受不住这烈火似的活，
这阵子我的灵魂就像火砖上的
熟铁，在爱的锤子下，砸，砸，火花
四散的飞洒……我晕了，抱着我，
爱，就让我在这儿清静的园内，
闭着眼，死在你的胸前，多美！
头顶白杨树上的风声，沙沙的，
算是我的丧歌，这一阵清风，
橄榄林里吹来的，带着石榴花香，
就带了我的灵魂走，还有那萤火，
多情的殷勤的萤火，有他们照路，
我们到了那三环洞的桥上再停步，
听你在这儿抱着我半暖的身体，
悲声的叫我，亲我，摇我，咂我，……
我就微笑的再跟着清风走，
随他领着我，天堂，地狱，哪儿都成，
反正丢了这可厌的人生，实现这死，
在爱里，这爱中心的死，不强如
五百次的投生？……自私，我知道，
可我也管不着……你伴着我死？
什么，不成双就不是完全的"爱死"，

要飞升也得两对翅膀儿打伙，

进了天堂还不一样要照顾，

我少不了你，你也不能没有我；

要是地狱，我单身去你更不放心，

你说地狱不定比这世界文明，

（虽则我不信，）像我这娇嫩的花朵，

难保不再遭风暴，不叫雨打，

那时候我喊你，你也听不分明，——

那不是求解脱反投进了泥坑，

倒叫冷眼的鬼串通了冷心的人，

笑我的命运，笑你懦怯的粗心？

这话也有理，那叫我怎么办呢？

活着难，太难，就死也不得自由，

我又不愿意你为我牺牲你的前程……

唉！你说还是活着等，等那一天！

有那一天吗？——你在，就是我的信心；

可是天亮你就得走，你真的忍心

丢了我走？我又不能留你，这是命；

但这花，没有阳光晒，没有甘露浸，

不死也不免瓣尖儿焦萎，多可怜！

你不能忘我，爱，除了在你的心里，

我再没有命；是我听你的话，我等，

等铁树儿开花我也得耐心等；

爱，你永远是我头顶的一颗明星：

要是不幸死了，我就变一个萤火，

在这园里，挨着草根，暗沉沉的飞，

黄昏飞到半夜，半夜飞到天明，

只愿天空不生云，我望得见天，

天上那颗不变的大星，那是你，

但愿你为我多放光明，隔着夜，

隔着天，通着恋爱的灵犀一点……

6月11日，1925年翡冷翠山中。

呻吟语

我亦愿意赞美这神奇的宇宙，
我亦愿意忘却了人间有忧愁，
　　像一只没挂累的梅花雀，
　　　清朝上歌唱，黄昏时跳跃；——
假如她清风似的常在我的左右！

我亦想望我的诗句清水似的流，
我亦想望我的心池鱼似的悠悠；
　　但如今膏火是我的心，
　　　再休问我闲暇的诗情？——
上帝！你一生不还她生命与自由！

偶　然

我是天空里的一片云，
偶尔投影在你的波心——
　　你不必讶异，
　　更无须欢喜——
在转瞬间消灭了踪影。

你我相逢在黑夜的海上，
你有你的，我有我的，方向；
　　你记得也好，
　　最好你忘掉
在这交会时互放的光亮！

客　中

今晚天上有半轮的下弦月；

　　我想携着她的手，

　　往明月多处走——

一样是清光，我说，圆满或残缺。

园里有一树开剩的玉兰花；

　　她有的是爱花癖，

　　我爱看她的怜惜——

一样是芬芳，她说，满花与残花。

浓阴里有一只过时的夜莺；

　　她受了秋凉，

　　不如从前浏亮——

快死了，她说，但我不悔我的痴情！

但这莺，这一树花，这半轮月——

　　我独自沉吟，

　　对着我的身影——

她在那边，啊，为什么伤悲，凋谢，残缺？

三月十二深夜大沽口外

今夜困守在大沽口外：
　　绝海里的俘虏，
　　对着忧愁申诉；
桅上的孤灯在风前摇摆：
　　天昏昏有层云裹，
　　那掣电是探海火！

你说不自由是这变乱的时光？
　　但变乱还有时罢休，
　　谁敢说人生有自由？
今天的希望变作明天的怅惘；
　　星光在天外冷眼瞅，
　　人生是浪花里的浮沤！

我此时在凄冷的甲板上徘徊！
　　听海涛迟迟的吐沫，
　　心空如不波的湖水；
只一丝云影在这湖心里晃动——
　　不曾参透的一个迷梦，
　　不忍参透的一个迷梦！

望　月

月：我隔着窗纱，在黑暗中，
望她从攀岩的山肩挣起——
一轮惺忪的不整的光华：
像一个处女，怀抱着贞洁，
惊惶的，挣出强暴的爪牙；

这使我想起你，我爱，当初
也曾在厄运的利齿间挨！
但如今，正如蓝天里明月，
你已升起在幸福的前峰，
洒光辉照亮地面的坎坷！

白须的海老儿

那船平空在海中心抛锚，
也不顾我心头野火似的烧！
那白须的海老倒像有同情，
他声声问的是为甚不进行？

我伸手向黑暗的空间抱，
谁说这缥缈不是她的腰？
我又飞吻给银河边的星，
那是我爱最灵动的明睛。

但这来白须的海老又生恼
（他忌妒少年情，别看他年老！）
他说你情急我偏给你不行，
你怎生跳度这碧波的无垠？

果然那老顽皮有他的蹊跷，
这心头火差一点变海水里泡！
但此时我忙着亲我爱的香唇，
谁耐烦再和白须的海老儿争？

天神似的英雄

这石是一堆粗丑的顽石，
这百合是一丛明媚的秀色；
但当月光将花影描上石隙，
这粗丑的顽石也化生了媚迹。

我是一团臃肿的凡庸，
她是人间无比的仙容；
但当恋爱将她偎入我的怀中，
就我也变成了天神似的英雄！

再不见雷峰

再不见雷峰，雷峰坍成了一座大荒冢，

　　顶上有不少交抱的青葱；

　　顶上有不少交抱的青葱，

再不见雷峰，雷峰坍成了一座大荒冢。

为什么感慨，对着这光阴应分的摧残？

　　世上多的是不应分的变态。

　　世上多的是不应分的变态；

发什么感慨，对着这光阴应分的摧残？

为什么感慨：这塔是镇压，这坟是掩埋，

　　镇压还不如掩埋来得痛快！

　　镇压还不如掩埋来得痛快，

发什么感慨：这塔是镇压，这坟是掩埋。

再没有雷峰；雷峰从此掩埋在人的记忆中：

　　像曾经的幻梦，曾经的爱宠；

　　像曾经的幻梦，曾经的爱宠；

再没有雷峰；雷峰从此掩埋在人的记忆中。

9 月，西湖。

海　韵

一

　　"女郎，单身的女郎，

　　　你为什么留恋

　　　这黄昏的海边？ ——

　　女郎，回家吧，女郎！ "

　　"啊不，回家我不回，

　　　我爱这晚风吹： " ——

　　　在沙滩上，在暮霭里，

　　有一个散发的女郎——

　　　　　徘徊，徘徊。

二

"女郎，散发的女郎，
　　你为什么彷徨
　　在这冷清的海上？
女郎，回家吧，女郎！"
　"啊不，你听我唱歌，
　　大海，我唱，你来和："——
　　在星光下，在凉风里，
轻荡着少女的清音——
　　　　　　　高吟，低哦。

三

"女郎，胆大的女郎！
　　那天边扯起了黑幕，
　　这顷刻间有恶风波，——
女郎，回家吧，女郎！"
　"啊不，你看我凌空舞，
　　学一个海鸥没海波："——
　　在夜色里，在沙滩上，
急旋着一个苗条的身影——
　　　　　　　婆娑，婆娑。

四

"听呀，那大海的震怒，
　女郎回家吧，女郎！

看呀，那猛兽似的海波，
女郎，回家吧，女郎！"
"啊不，海波他不来吞我，
　我爱这大海的颠簸！"
　在潮声里，在波光里，
啊，一个慌张的少女在海沫里，
　　　　　　蹉跎，蹉跎。

<h2 style="text-align:center">五</h2>

"女郎，在哪里，女郎？
　在哪里，你嘹亮的歌声？
在哪里，你窈窕的身影？
　在哪里，啊，勇敢的女郎？"
黑夜吞没了星辉，
　这海边再没有光芒；
海潮吞没了沙滩，
　沙滩上再不见女郎——
　　　　再不见女郎！

苏　苏

苏苏是一个痴心的女子：

　　像一朵野蔷薇，她的丰姿；

　　像一朵野蔷薇，她的丰姿——

来一阵暴风雨，摧残了她的身世。

这荒草地里有她的墓碑

　　淹没在蔓草里，她的伤悲；

　　淹没在蔓草里，她的伤悲——

啊，这荒土里化生了血染的蔷薇！

那蔷薇是痴心女的灵魂，

　　在清早上受清露的滋润，

　　到黄昏时有晚风来温存，

更有那长夜的慰安，看星斗纵横。

你说这应分是她的平安？

　　但运命又叫无情的手来攀，

　　攀，攀尽了青条上的灿烂，——

可怜呵，苏苏她又遭一度的摧残！

又一次试验

上帝捋着他的须，
说"我又有了兴趣；
上次的试验有点糟，
这回的保管是高妙。"
脱下了他的枣红袍，
戴上了他的遮阳帽，
老头他抓起一把土，
快活又有了工作做。
"这回不叫再像我，"
他弯着手指使劲塑：
"鼻孔还是给你有，
可不把灵性往里透！
"给了也还是白丢，
能有几个走回头；

灵性又不比鲜鱼子，
化生在水里就长翅！
　"我老头再也不上当，
眼看圣洁的变肮脏，——
就这儿情形多可气，
哪个安琪儿身上不带蛆！"

两地相思

一

他——

今晚的月亮像她的眉毛，
　　这弯弯的够多俏！
今晚的天空像她的爱情，
　　这蓝蓝的够多深！
那样多是你的，我听她说，
　　你再也不用多疑惑；
给你这一团火，她的香唇，
　　还有她更热的腰身！
谁说做人不该多吃点苦？

吃到了底才有数。
这来可苦了她，盼死了我，
　　半年不是容易过！
她这时候，我想，正靠着窗，
　　手托着俊俏脸庞
在想，一滴泪正挂在腮边，
　　像露珠沾上草尖：
在半忧愁，半欢喜的预计，
　　计算着我的归期；
啊，一颗纯洁的爱我的心，
　　那样的专，那样的真！
还不催快你胯下的牲口，
　　趁月光清水似流，
趁月光清水似流，赶回家
　　去亲你唯一的她！

二

她——

今晚的月色又使我想起
　　我半年前的昏迷，
那晚我不该喝那三杯酒，
　　添了我一世的愁；
我不该把自由随手给扔，
　　活该我今儿的闷！
他待我倒真是一片至诚，
　　像竹园里的新笋，

不怕风吹，不怕雨打，一样
　　他还是往上滋长；
他为我吃尽了苦，就为我
　　他今天还在奔波；
我又没有勇气对他明讲
　　我改变了心肠！
今晚月儿弓样，到月圆时
　　我，我如何能躲避！
我怕，我爱，这来我真是难，
　　恨不能往地底钻：
可是你，爱，永远有我的心，
　　听凭我是浮是沉，
他来时要抱，我就让他抱，
　　（这葫芦不破的好，）
但每回我让他亲——我的唇，
　　爱，亲的是你的吻！

献　词

那天你翩翩的在空际云游，
自在，轻盈，你本不想停留
在天的哪方或地的哪角，
你的愉快是无拦阻的逍遥。

你更不经意在卑微的地面
有一流涧水，虽则你的明艳
在过路时点染了他的空灵，
使他惊醒，将你的倩影抱紧。

他抱紧的只是绵密的忧愁，
因为美不能在风光中静止；
他要，你已飞渡万重的山头，
去更阔大的湖海投射影子！

他在为你消瘦，那一流涧水，
在无能的盼望，盼望你飞回！

拜　献

山，我不赞美你的壮健，

海，我不歌咏你的阔大，

风波，我不颂扬你威力的无边；

但那在雪地里挣扎的小草花，

路旁冥盲中无告的孤寡，

烧死在沙漠里想归去的雏燕，——

给他们，给宇宙间一切无名的不幸，

我拜献，拜献我胸胁间的热，

管里的血，灵性里的光明；

我的诗歌——在歌声嘹亮的一俄顷，

天外的云彩为你们织造快乐，

　　起一座虹桥，

　　指点着永恒的逍遥，

在嘹亮的歌声里消纳了无穷的苦厄！

春的投生

昨晚上，
再前一晚也是的，
在雷雨的猖狂中
春
　投生人残冬的尸体。

不觉得脚下的松软，
耳鬓间的温驯吗？
树枝上浮着青，
潭里的水漾成无限的缠绵；
再有你我肢体上
胸膛间的异样的跳动；

桃花早已开上你的脸，

我在更敏锐的消受

你的媚，吞咽

你的连珠的笑；

你不觉得我的手臂

更迫切的要求你的腰身，

我的呼吸投射到你的身上

如同万千的飞萤投向光焰？

这些，还有别的许多说不尽的，

和着鸟雀们的热情的回荡，

都在手携手的赞美着

春的投生。

2月28日。

渺 小

我仰望群山的苍老，
他们不说一句话。
阳光描出我的渺小，
小草在我的脚下。

我一人停步在路隅，
倾听空谷的松籁；
青天里有白云盘踞——
转眼间忽又不在。

泰　山

山！

你的阔大的攀岩，

像是绝海的惊涛，

忽地飞来，

　　凌空

　　不动，

在沉默的承受

日月与云霞拥戴的光豪：

更有万千星斗

　　错落

在你的胸怀，

向诉说

隐奥，

蕴藏在

岩石的核心与崔嵬的天外！

他眼里有你

我攀登了万仞的高冈，
荆棘扎烂了我的衣裳，
我向缥缈的云天外望——
上帝，我望不见你！

我向坚厚的地壳里掏，
捣毁了蛇龙们的老巢，
在无底的深潭里我叫——
上帝，我听不到你！

我在道旁见一个小孩：
活泼，秀丽，褴褛的衣衫；
他叫声妈，眼里亮着爱——
上帝，他眼里有你！

十一月二日星家坡。

再别康桥

轻轻的我走了，
　　正如我轻轻的来；
我轻轻的招手，
　　作别西天的云彩。

那河畔的金柳，
　　是夕阳中的新娘；
波光里的艳影，
　　在我的心头荡漾。

软泥上的青荇，
　　油油的在水底招摇：
在康河的柔波里，
　　我甘心做一条水草！

那榆荫下的一潭，

　　不是清泉，是天上虹

揉碎在浮藻间，

　　沉淀着彩虹似的梦。

寻梦？撑一支长篙，

　　向青草更青处漫溯，

满载一船星辉，

　　在星辉斑斓里放歌。

但我不能放歌，

　　悄悄是别离的笙箫；

夏虫也为我沉默，

　　沉默是今晚的康桥！

悄悄的我走了，

　　正如我悄悄的来；

我挥一挥衣袖，

　　不带走一片云彩。

　　　　　　　　　　11月6日中国海上。

徐志摩

诗歌精品

【第三辑】

秋 虫

秋虫，你为什么来？人间
早不是旧时候的清闲；
这青草，这白露，也是呆：
再也没有用，这些诗材！
黄金才是人们的新宠，
她占了白天，又霸住梦！
爱情：像白天里的星星，
她早就回避，早没了影。
天黑它们也不得回来，
半空里永远有乌云盖。
还有廉耻也告了长假，
他躺在沙漠地里住家；
花尽着开可结不成果，
思想被主义奸污得苦！

你别说这日子过得闷，

晦气脸的还在后面跟！

这一半也是灵魂的懒，

他爱躲在园子里种菜，

"不管，"他说："听他往下丑——

变猪，变蛆，变蛤蟆，变狗……

过天太阳羞得遮了脸，

月亮残阙了再不肯圆，

到那天人道真灭了种，

我再来打——打革命的钟！"

1927年秋。

深　夜

深夜里，街角上，
梦一般的灯芒。

烟雾迷裹着树！
怪得人错走了路？

"你害苦了我——冤家！"
她哭，他——不答话。

晓风轻摇着树尖；
掉了，早秋的红艳。

伦敦旅次 9 月。

季　候

一

他俩初起的日子，
像春风吹着春花。
花对风说"我要"，
风不回话：他给！

二

但春花早变了泥，
春风也不知去向。
她怨，说天时太冷；
"不久就冻冰，"他说。

杜　鹃

杜鹃，多情的鸟，他终宵唱：
在夏荫深处，仰望着流云
飞蛾似围绕亮月的明灯，
星光疏散如海滨的渔火，
甜美的夜在露湛里休憩，
他唱，他唱一声"割麦插禾"，——
农夫们在天放晓时惊起。

多情的鹃鸟，他终宵声诉，
是怨，是慕，他心头满是爱，
满是苦，化成缠绵的新歌，
柔情在静夜的怀中颤动；
他唱，口滴着鲜血，斑斑的，
染红露盈盈的草尖，晨光。
轻摇着园林的迷梦；他叫，
他叫，他叫一声"我爱哥哥！"

黄 鹂

一掠颜色飞上了树。
"看，一只黄鹂！"有人说。
翘着尾尖，它不作声，
艳异照亮了浓密——
像是春光，火焰，像是热情。

等候它唱，我们静着望，
怕惊了它。但它一展翅，
冲破浓密，化一朵彩云；
它飞了，不见了，没了——
像是春光，火焰，像是热情。

秋　月

一样是月色，

今晚上的，因为我们都在抬头看——

看它，一轮腴满的妩媚，

从乌黑得如同暴徒一般的

云堆里升起——

看得格外的亮，分外的圆。

它展开在道路上，

它飘闪在水面上，

它沉浸在

水草盘结得如同忧愁般的

水底；

它睥睨在古城的雉堞上，

万千的城砖在它的清亮中

呼吸，

它抚摸着

错落在城厢外内的墓墟，

在宿鸟的断续的呼声里，

想见新旧的鬼，

也和我们似的相依偎的站着，

眼珠放着光，

咀嚼着彻骨的阴凉：

银色的缠绵的诗情

如同水面的星磷，

在露盈盈的空中飞舞。

听那四野的吟声——

永恒的卑微的谐和，

悲哀揉和着欢畅，

怨仇与恩爱，

晦冥交抱着火电，

在这明绝的秋夜与秋野的

苍茫中，

"解化"的伟大

在一切纤微的深处

展开了，

婴儿的微笑！

10月中。

枉　　然

你枉然用手锁着我的手，
女人，用口擒住我的口，
枉然用鲜血注入我的心，
火烫的泪珠见证你的真；

迟了，你再不能叫死的复活，
从灰土里唤起原来的神奇：
纵然上帝怜念你的过错，
他也不能拿爱再交给你！

生　活

阴沉，黑暗，毒蛇似的蜿蜒，
生活逼成了一条甬道：
一度陷入，你只可向前，
手扪索着冷壁的黏潮，

在妖魔的脏腑内挣扎，
头顶不见一线的天光，
这魂魄，在恐怖的压迫下，
除了消灭更有什么愿望？

5月29日。

残　春

昨天我瓶子里斜插着的桃花
是朵朵媚笑在美人的腮边挂；
今儿它们全低了头，全变了相：——
红的白的尸体倒悬在青条上。

窗外的风雨报告残春的运命，
丧钟似的音响在黑夜里叮咛：
　"你那生命的瓶子里的鲜花也
变了样：艳丽的尸体，谁给收殓？"

残　破

一

深深的在深夜里坐着：
当窗有一团不圆的光亮，
　　风挟着灰土，在大街上
　　小巷里奔跑：
我要在枯秃的笔尖上袅出
一种残破的残破的音调，
为要抒写我的残破的思潮。

二

深深的在深夜里坐着：

生尖角的夜凉在窗缝里

　　妒忌屋内残余的暖气，

　　也不饶恕我的肢体：

但我要用我半干的墨水描成

一些残破的残破的花样，

因为残破，残破是我的思想。

三

深深的在深夜里坐着，

　　左右是一些丑怪的鬼影：

　　　焦枯的落魄的树木

　　　在冰沉沉的河沿叫喊，

比着绝望的姿势，

正如我要在残破的意识里

重兴起一个残破的天地。

四

深深的在深夜里坐着，

闭上眼回望到过去的云烟：

啊，她还是一枝冷艳的白莲，

　　斜靠着晓风，万种的玲珑；

但我不是阳光，也不是露水，

我有的只是些残破的呼吸，

　　如同封锁在壁椽间的群鼠，

追逐着，追求着黑暗与虚无！

哈　代

哈代，厌世的，不爱活的，
　　这回再不用怨言，
一个黑影蒙住他的眼？
　　去了，他再不露脸。

八十八年不是容易过，
　　老头活该他的受，
扛着一肩思想的重负，
　　早晚都不得放手。

为什么放着甜的不尝，
　　暖和的座儿不坐，
偏挑那阴凄的调儿唱，
　　辣味儿辣得口破，

他是天生那老骨头僵，
　　一对眼拖着看人，
他看着了谁谁就遭殃，
　　你不用跟他讲情！

他就爱把世界剖着瞧，
　　是玫魂也给拆坏；

他没有那画眉的纤巧，
　　他有夜莺的古怪！

古怪，他争的就只一点——
　　一点"灵魂的自由"，
也不是成心跟谁翻脸，
　　认真就得认个透。

他可不是没有他的爱——
　　他爱真诚，爱慈悲：
人生就说是一场梦幻，
　　也不能没有安慰。

这日子你怪得他惆怅，
　　怪得他话里有刺，
他说乐观是"死尸脸上
　　抹着粉，搽着胭脂！"

这不是完全放弃希冀，

宇宙还得往下延,

但如果前途还有生机,

　思想先不能随便。

为维护这思想的尊严,

　诗人他不敢怠惰,

高擎着理想,睁大着眼,

　抉剔人生的错误。

现在他去了,再不说话

　(你听这四野的静),

你爱忘了他就忘了他

　(天吊明哲的凋零)!

　　　　　　　　　　旧历元旦。

云　游

那天你翩翩的在空际云游，
自在，轻盈，你本不想停留
在天的那方或地的那角，
你的愉快是无拦阻的逍遥。
你更不经意在卑微的地面
有一流涧水，虽则你的明艳
在过路时点染了他的空灵，
使他惊醒，将你的倩影抱紧。

他抱紧的只是绵密的忧愁，
因为美不能在风光中静止；
他要，你已飞渡万重的山头，
去更阔大的湖海投射影子！
他在为你消瘦，那一流涧水，
在无能的盼望，盼望你飞回！

你　去

你去，我也走，我们在此分手；
你上那一条大路，你放心走，
你看那街灯一直亮到天边，
你只消跟从这光明的直线！
你先走，我站在此地望着你，
放轻些脚步，别教灰土扬起，
我要认清你的远去的身影，
直到距离使我认你不分明，
再不然我就叫响你的名字，
不断的提醒你有我在这里
为消解荒街与深晚的荒凉，
目送你归去……
不，我自有主张，
你不必为我忧虑；你走大路，

我进这条小巷，你看那棵树，
高抵着天，我走到那边转弯，
再过去是一片荒野的凌乱：
有深潭，有浅洼，半亮着止水，
在夜芒中像是纷披的眼泪；
有石块，有钩刺胫踝的蔓草，
在期待过路人疏神时绊倒！
但你不必焦心，我有的是胆，
凶险的途程不能使我心寒。
等你走远了，我就大步向前，
这荒野有的是夜露的清鲜；
也不愁愁云深裹，但须风动，
云海里便波涌星斗的流汞；
更何况永远照彻我的心底，
有那颗不夜的明珠，我爱你！

雁儿们

雁儿们在云空里飞，
　　看她们的翅膀，
　　看她们的翅膀，
有时候纡回，
　　有时候匆忙。

雁儿们在云空里飞，
　　晚霞在她们身上，
　　晚霞在她们身上，
有时候银辉，
　　有时候金芒。

雁儿们在云空里飞，
　　听她们的歌唱！

听她们的歌唱！
有时候伤悲，
　　有时候欢畅。

雁儿们在云空里飞，
　　为什么翱翔？
　　为什么翱翔？
她们少不少旅伴？
她们有没有家乡？

雁儿们在云空里彷徨，
　　天地就快昏黑！
　　天地就快昏黑！
前途再没有天光，
孩子们往哪儿飞？

天地在昏黑里安睡，
　　昏黑迷住了山林，
　　昏黑催眠了海水；
这时候有谁在倾听
昏黑里泛起的伤悲。

难　忘

这日子——从天亮到昏黄，
虽则有时花般的阳光，
从郊外的麦田，
半空中的飞燕，
照亮到我劳倦的眼前，
给我刹那间的舒爽，
我还是不能忘——
不忘旧时的积累，
也不分是恼是愁是悔，
在心头，在思潮的起伏间，
像是迷雾，像是诅咒的凶险：
它们包围，它们缠绕，
它们狞露着牙，它们咬，
它们烈火般的煎熬，
它们伸拓着巨灵的掌，
把所有的忻快拦挡……

草上的露珠儿

草上的露珠儿，
　颗颗是透明的水晶球，
新归来的燕儿
　在旧巢里呢喃个不休；

诗人哟！可不是春至人间
　　还不放开你
　　创造的喷泉，
嗤嗤！吐不尽南山北山的珈瑜，
　　洒不完东海西海的琼珠，
　　融和琴瑟箫笙的音韵，
饮餐星辰日月的光明！
　　　诗人哟！可不是春在人间，
　　　还不开放你

创造的喷泉！

这一声霹雳，
   震破了漫天的云雾，
显焕的旭日
   又升临在黄金的宝座；

柔软的南风
   吹皱了大海慷慨的面容
洁白的海鸥
   上穿云下没波自在优游；

诗人哟！可不是趁航时候，
   还不准备你
      歌吟的渔舟！
看哟！那白浪里
      金翅的海鲤，
      白嫩的长鲵，
      虾须和蟛脐！
快哟！一头撒网一头放钩，
      收！收！
你父母妻儿亲戚朋友
   享定了希世的珍馐。
诗人哟！可不是趁航时候，
     还不准备你
     歌吟的渔舟！

诗人哟！

你是时代精神的先觉者哟！
你是思想艺术的集成者哟！
你是人天之际的创造者哟！
你资材是河海风云，
鸟兽花草神鬼蝇蚊，
一言以蔽之：天文地文人文；

你的洪炉是"印曼桀乃欣"，
永生的火焰"烟士披里纯"，
炼制着诗化美化灿烂的鸿钧；

你是高高在上的云雀天莺
纵横四海不问今古春秋，
散布着希世的音乐锦绣；

你是精神困穷的慈善翁，
你展览真善美的万丈虹，
你居住在真生命的最高峰。

笑解烦恼结

（送幼仪）

一

这烦恼结，是谁家扭得水尖儿难透？
这千缕万缕烦恼结是谁家忍心机织？
这结里多少泪痕血迹，应化沉碧！
忠孝节义——咳，忠孝节义谢你维系
　　四千年史骸不绝，
却不过把人道灵魂磨成粉屑，
黄海不潮，昆仑叹息，
四万万生灵，心死神灭，中原鬼泣！
咳，忠孝节义！

二

东方晓，到底明复出，

如今这盘糊涂账，

如何清结？

三

莫焦急，万事在人为，只消耐心

　共解烦恼结。

虽严密，是结，总有丝缕可觅，

莫怨手指儿酸、眼珠儿倦，

可不是抬头已见，快努力！

四

如何！毕竟解散，烦恼难结，烦恼苦结。

来，如今放开容颜喜笑，握手相劳；

此去清风白日，自由道风景好。

听身后一片声欢，争道解散了结儿，

　消除了烦恼！

青年杂咏

一

青年！

你为什么沉湎于悲哀？

你为什么耽乐于悲哀？

你不幸为今世的青年，

你的天是沉碧奈何天；

你筑起了一座水晶宫殿，

在"眸冷骨累"（melancholy）的河水边；

河流流不尽骨累眸冷，

还夹着些些残枝断梗，

一声声失群雁的悲鸣，

水晶宫朝朝暮暮反映——

映出悲哀，飘零，眸子吟，
无聊，宇宙，灰色的人生，
你独生在宫中，青年呀，
霉朽了你冠上的黄金！

二

青年！
你为什么迟回于梦境？
你为什么迷恋于梦境？
你幸而为今世的青年，
你的心是自由梦魂心，
你抛弃你尘秽的头巾，
解脱你肮脏的外内衿，
露出赤条条的洁白身，
跃入缥缈的梦潮清冷，
浪势奔腾，侧眼波鳞里，
看朝彩晚霞，满天的星，——
梦里的光景，模糊，绵延，
却又分明；梦魂，不愿醒，
为这大自在的无终始，
任凭长鲸吞噬，亦甘心。

三

青年！
你为什么醉心于革命，
你为什么牺牲于革命？

黄河之水来自昆仑巅，

泛流华族支离之遗骸，

挟黄沙莽莽，沉郁音响，

苍凉，惨如鬼哭满中原！

华族之遗骸！浪花汤处，

尚可认伦常礼教，祖先，

神主之断片：——君不见

两岸遗孽，枉戴着忠冠，

孝辫，抱缺守残，泪眼看

风云暗淡，"道丧"的人间！

运也！这狂澜，有谁能挽，

问谁能挽精神之狂澜？

月夜听琴

是谁家的歌声，
和悲缓的琴音，
星芒下，松影间，
有我独步静听。

音波，颤震的音波，
穿破昏夜的凄清，
幽冥，草尖的鲜露，
动荡了我的灵府。

我听，我听，我听出了，
琴情，歌者的深心。
枝头的宿鸟休惊，
我们已心心相印。

休道她的芳心忍，
她为你也曾吞声，
休道她淡漠，冰心里
满蕴着热恋的火星。
记否她临别的神情，
满眼的温柔和酸辛，
你握着她颤动的手——
一把恋爱的神经？

记否你临别的心境，
冰流沦彻你全身，
满腔的抑郁，一海的泪，
可怜不自由的魂灵？

松林中的风声哟！
休扰我同情的倾诉；
人海中能有几次
恋潮淹没我的心滨？

那边光明的秋月，
已经脱卸了云衣，
仿佛喜声的笑道：
"恋爱是人类的生机！"

我多情的伴侣哟！
我羡你蜜甜的爱焦，
却不道黄昏和琴音
联就了你我的神交？

春

康河右岸皆学院，右岸牧场之背，榆荫密覆，大道纡回，一望葱翠，春尤浓郁，但闻虫声鸟语，校舍寺塔掩映林巅，真胜处也。迩来草长日丽，时有情耦隐卧草中，密话风流。我常往复其间，辄成左作。

　　河水在夕阳里缓流，
　　暮霞胶抹树干树头；
　　蚱蜢飞，蚱蜢戏吻草光光，
　　我在春草里看看走走。

　　蚱蜢匍伏在铁花胸前，
　　铁花羞得不住的摇头，
　　草里忽伸出只藕嫩的手，
　　将孟浪的跳虫拦腰紧拶。

金花菜，银花菜，星星斓斓，
点缀着天然温暖的青毡，
青毡上青年的情耦，
情意胶胶，情话啾啾。
我点头微笑，南向前走，
观赏这青透春透的园囿，
树尽交柯，草也骈偶，
到处是缱绻，是绸缪。

雀儿在人前猥盼亵语，
人在草处心欢面赧，
我羡他们的双双对对，
有谁羡我孤独的徘徊？

孤独的徘徊！
我心须何尝不热奋震颤，
答应这青春的呼唤，
燃点着希望灿灿，
春呀！你在我怀抱中也！

清风吹断春朝梦

片片鹅绒眼前纷舞，
　疑是梅心蝶骨醉春风；
一阵阵残琴碎箫鼓，
　依稀山风催瀑弄青松；

梦底的幽情，素心，
缥缈的梦魂，梦境，——
都教晓鸟声里的清风，
轻轻吹拂——吹拂我枕衾，
枕上的温存——，将春梦解成
丝丝缕缕，零落的颜色声音！
这些深灰浅紫，梦魂的认识，
依然粘恋在梦上的边陲。
无如风吹尘起，漫漾梦屐，

纵心愿归去，也难不见涂踪便；

清风！你来自青林幽谷，
款布自然的音乐，
轻怀草意和花香，
温慰诗人的幽独，
攀帘问小姑无恙，
知否你晨来呼唤，
唤散一缘绻缱——
梦里深浓的恩缘？
任春朝富的温柔，
问谁偿逍遥自由？
只看一般梦意阑珊，——
诗心，恋魂，理想的彩昙，——
一似狼藉春阴的玫瑰，
一似鹃鸟黎明的幽叹，
韵断香散，仰望天高云远，
梦翅双飞，一逝不复还！

夏日田间即景（近沙士顿）

柳林青青，
南风熏熏，
幻成奇峰瑶岛，
一天的黄云白云，
那边麦浪中间，
有农妇笑语殷殷。

笑语殷殷——
问后园豌豆肥否，
问杨梅可有鸟来偷；
好几天不下雨了，
玫瑰花还未曾红透；
梅夫人今天进城去，
且看她有新闻无有。

笑语殷殷——

"我们家的如今好了，

已经照常上工去，

不再整天的无聊，

不再逞酒使气，

回家来有说有笑，

疼他儿女——爱他妻；

呀！真巧！你看那边，

蓬着头，走来的，笑嘻嘻，

可不是他，（哈哈！）满身是泥！"

南风熏熏，

草木青青，

满地和暖的阳光，

满天的白云黄云，

那边麦浪中间，

有农夫农妇，笑语殷殷。

April30'22

小　诗

月，我含羞地说，
请你登记我冷热交感的情泪，
在你专登泪债的哀情录里；

月，我哽咽着说，
请你查一查我年表的滴滴清泪
是放新账还是清旧欠呢？

私 语

秋雨在一流清冷的秋水池，

一棵憔悴的秋柳里，

一条怯懦的秋枝上，

一片将黄未黄的秋叶上，

听他亲亲切切喁喁唼唼，

私语三秋的情思情事，情语情节。

临了轻轻将他拂落在秋水秋波的秋晕里，一涡半转，

跟着秋流去。

这秋雨的私语，三秋的情思情事，

情诗情节，也掉落在秋水秋波的秋晕里，一涡半转，

跟着秋流去。

康桥西野暮色

一个大红日挂在西天

紫云绯云褐云

簇簇斑斑田田

青草黄田白水

郁郁密密麻麻

红瓣黑蕊长梗

罂粟花三三两两

一大块透明的琥珀

千百折云凹云凸

南天北天暗暗默默

东天中天舒舒阔阔

宇宙在寂静中构合

太阳在头赫里告别

一阵临风

几声"可可"

一颗大胆的明星

仿佛骄矜的小艇

牴牾着云涛云潮

兀兀漂漂潇潇

侧眼看暮焰沉销

回头见伙伴来！

晚霞在林间田里

晚霞在原上溪底

晚霞在风头风尾

晚霞在村姑眉际

晚霞在燕喉鸦背

晚霞在鸡啼犬吠

晚霞在田垄陌上

陌上田垄行人种种

白发的老妇老翁

屈躬咳嗽龙钟

农夫工罢回家

肩锄手篮口衔菰巴

白衣裳的红腮女郎

攀折几茎白葩红英

笑盈盈翳人绿荫森森

跟着肥满蓬松的"北京"

罂粟在凉园里摇曳

白杨树上一阵鸦啼

夕照只剩了几痕紫气

满天镶嵌着星巨星细

田里路上寂无声响

榆荫里的村屋微泄灯芒

冉冉有风打树叶的抑扬

前面远远的树影塔光

罂粟老鸦宇宙婴孩

一齐沉沉奄奄眠熟了也

秋月呀

秋月呀！

谁禁得起银指尖儿

浪漫地搔爬呵！

不信但看那一海的轻涛，

可不是禁不住它

玉指的抚摩，

在那里低徊饮泣呢！

就是那

无聊的熏烟，

秋月的美满，

熏暖了飘心冷眼，

也清冷地穿上了轻缟的衣裳，

来参与这

美满的婚姻和丧礼。

悲　思

悲思在庭前——
　　　不；但看
　　新萝憨舞，
　　紫藤吐艳，
　　蜂恣蝶恋——
　　悲思不在庭前。

悲思在天上，
　　　不；但看——
　　青白长空，
　　气宇晴朗，
　　云雀回舞——
　　悲思不在天上。

悲思在我笔里——

　　不；但看

　　白净长毫，

　　正待抒写，

　　浩坦心怀——

悲思不在我的笔里。

悲思在我纸上——

　　不；但看

　　质净色清，

　　似在腼腆

　　诗意春情——

悲思不在我的纸上。

悲思莫非在我······

　　心里——

　　心如古墟，

　　野草不株，

　　野草不株，

　　心如冻泉，

　　冰结活源，

　　心如冬虫，

　　久蛰久噤——

不，悲思不在我的心里！

　　　　　　　　5月13日。

123

幻　想

一

天空里幻出一带的长虹，
一条七彩双首乔背的神龙；
一头的龙喙与龙须与龙髯，
淹没在埂奇河春泛之濑湍；
一头的龙爪，下踞在河北江南，
饮啜于长江大河，咽响如雷。
这彩色神明的巨怪，
满吸了东亚的大水，
昂首向坎坷的地面寻着，
吼一声，可怜，苦旱的人间！
遍野的饥农，在面天求怜，

求救渡的甘霖，满溢田田——
看呀，电闪里长鬣舞旋，
转惨酷为欢欣在俄顷之间！

二

天空里幻出长虹一带，
在碧玉的天空镶嵌，
一端挽住昆仑的山坳，
一端围绕在喜马拉雅之岩。
是谁何的匠心，制此巨采，
问伟男何在，问伟男何在？
披苍空普盖的青衫，
束此神异光明之带，
举步在浩宇里徘徊，
啊，踏翻，南北白头的高山，
霎时的雪花狂舞，雪花狂洒，
普化了东与西，洒遍了北与南，
丈夫！这纯澈无路的世界，
产生于一转之俄顷之间。

花牛歌

花牛在草地里坐，
压扁了一穗剪秋萝。

花牛在草地里眠，
白云霸占了半个天。

花牛在草地里走，
小尾巴甩得的溜溜。

花牛在草地里做梦，
太阳偷渡了西山的青峰。

八月的太阳

八月的太阳晒得黄黄的，
谁说这世界不是黄金？
小雀在树荫里打盹，
孩子们在草地里打滚。

八月的太阳晒得黄黄的，
谁说这世界不是黄金？
金黄的树林，金黄的草地，
小雀们合奏着欢畅的清音：
金黄的茅舍，金黄的麦屯
金黄是老农们的笑声。

她在那里

她不在这里，
　　她在那里：——
她在白云的光明里：
　　在澹远的新月里；
她在怯露的谷莲里：
　　在莲心的露华里；
她在膜拜的童心里：
　　在天真的烂漫里；
她不在这里，
　　她在自然的至粹里！

雀儿，雀儿

雀儿，雀儿，
你进我的门儿，
你又想出我的门儿。
哎呀，哎呀，
玻璃老碰你的头儿！
…………

屋子里阴凉，
院子里有太阳。
屋子里就有我——你不爱；
院子里有的是，
你的姐姐妹妹好朋友！

我张开一双手儿，

叫一声雀儿雀儿；
我愿意做你的妈，
你做我乖乖的儿。

每天吃茶的时候，
我喂你碎饼干儿。
回头我们俩睡一床，
一同到甜甜的梦里去，
唱一个新鲜的歌儿。
…………

在心眼里的颜面

那是她从前的窗，
　　窗前的烛焰，
透露着示意的幽光，
　　"我在此间！"

如今，还同从前，我见她
　　在玻窗上移动；
啊：那是我的幻想的浮夸，
　　唤起她的娇容！——

不论在海上，在陆地，在梦里，
　　她永远不离我的心眼，
任凭世上有沧海与桑田的变异，
　　我永远保有她的婉委。

这般的姿态，又温柔，又娇羞，我爱，

　　谁能说你不美？

怜悯我的孤寂与忧愁，你常来，

　　我的恋爱的鬼！

海边的梦

我独自在海边徘徊，

遥望着无边的霞彩，

我想起了我的爱，

不知她这时候何在？

我在这儿等待——

她为什么不来？

我独自在海边发痴——

沙滩里平添了无数的相思字。

假使她在这儿伴着我，

在这寂寥的海边散步？

海鸥声里，

听私语喁喁，

浅沙滩里，

印交错的脚踪，
我唱一曲海边的恋歌，
爱，你幽幽的低着嗓儿和！
这海边还不是你我的家，
你看那边鲜血似的晚霞；
我们要寻死，
我们交抱着往波心里跳，
绝灭了这皮囊，
好叫你我的恋魂悠久的逍遥。
这时候的新来的双星挂上天堂，
放射着不磨灭的爱的光芒。

夕阳已在沉沉的淡化，
这黄昏的美，
有谁能描画？
莽莽的天涯，
哪里是我的家，
哪里是我的家？
爱人呀，我这般的想着你，
你那里可也有丝毫的牵挂？